PATIENCE,
LA VIE EST UN ŒUF !...

(Recueil de nouvelles)

Innocent **EZIN ALOFAN**

PATIENCE,
LA VIE EST UN ŒUF !...

(Recueil de nouvelles)

AC-REPASC :
"Les Editions Cauris d'Afrique"

DU MEME AUTEUR

- Le Sucre amer, Recueil de poèmes, publié en 1998, Edition libre, au Bénin ;

- Le Procès de l'Infanticide, Roman, publié en 2005, aux Editions Flamboyant, au Bénin ;

- Le viol de l'éducation, Recueil de nouvelles, publié en 2008, aux Editions Bénévent, en France.

- Depuis 2018, il a publié sur Amazon sept (7) livres en brochés et en numériques : deux Romans, deux Recueils de nouvelles, un Recueil de poèmes, une Pièce de théâtre et un Essai.

- Pourquoi la guerre ? La vi d'un, réfugié !, Roman, publié en 2020, aux Editions Cauris d'Afrique, au Bénin.

- Comment Tina, devient enfant sorcière ?, Roman, publié en 2020, aux Editions Cauris d'Afrique, au Bénin.

<u>DÉDICACE</u>

A la mémoire de ma mère et de mon père, je dédie cette œuvre.

A ma chère épouse et à nos chers enfants, je consacre cet ouvrage.

<u>Innocent EZIN ALOFAN</u>.-

REMERCIEMENTS

Je remercie sincèrement, pour leur soutien moral, mon épouse Félicia Akossiwa EZIN ALOFAN née ADAVON, et nos chers enfants : Bénédicta Akofa, Sèdjro Alinignon, Lorrain Mawugnon et Roitelet Egnon.

Que toutes les personnes et personnalités qui m'ont aidé d'une manière ou d'une autre, soient assurées de ma sincère reconnaissance.

Innocent EZIN ALOFAN.-

CITATIONS :

…Vivant exemple dans l'enceinte de l'école, l'instituteur peut-il cesser de l'être quand il en est sorti ? Ce serait ruiner à coup sûr son influence morale que s'écarter, dans sa conduite privée, des préceptes qu'il enseigne. L'opinion publique est assez prompte à juger indigne de ses fonctions une institutrice légère, un instituteur coureur ou porté à boire, même si leur enseignement est donné avec compétence.

FERRE.

Je suppose, les hommes parvenus à ce point où les obstacles qui nuisent à leur conservation dans l'état de nature l'emportent par leur résistance sur les forces que chaque individu peut employer pour se maintenir dans cet état. Alors cet état primitif ne peut plus subsister, et le genre humain périrait s'il ne changeait sa manière d'être…

…Cette somme de forces ne peut naître que du concours de plusieurs; mais la force et la liberté de chaque homme étant les premiers instruments de sa conservation, comment les engagera-t-il sans se nuire et sans négliger les soins qu'il se doit?...

J.J. ROUSSEAU.

X

1. DE LA FRONDE SYNDICALE, A LA GUEGUERRE !

Je revenais de la cuisine, ce mercredi soir. A vingt heures cinq minutes, si je ne me trompe. Le poste téléviseur blanc-noir était allumé dans la pièce exiguë, "entrer-coucher", que nous occupions. Pito et ses frères y avaient braqué leur regard innocent et médusé.

Dès mon entrée dans la cellule, j'étais éblouie à la vue de l'image de mon époux, à la télévision. Il se trouvait à la tête d'une manifestation syndicale. Il livrait une motion au public et aux autorités.

Je m'étais affalée sur le canapé. Je tremblais de panique parce que depuis notre mariage, je n'avais vu mon époux aussi violent verbalement. Il ne participait jamais à de pareils mouvements. Les enfants étaient, bien au contraire, très fascinés par la prestation de leur père.

En effet, tout était détérioré : le non-paiement des salaires des fonctionnaires et particulièrement, ceux des enseignants ; la misère quotidienne têtue et accrocheuse ; les enfants à élever et l'épouse à entretenir, etc. C'était les racines qui soutenaient l'arbre de la révolte, planté par la crise économique, dans le cœur des travailleurs. Les fruits d'un tel arbre, n'étaient que ces dernières agitations.

De mécontentements en revendications, en passant par les protestations jusqu'aux plates-formes, les travailleurs ne tenaient plus sur les promesses du gouvernement.

Des mouvements s'étaient alors déclenchés, tous azimuts. C'était cette dernière vague d'événements qui avait drainé mon époux.

Depuis plusieurs mois que les salaires des enseignants étaient gelés, Yadouvi et moi, nous nous étions livrés au commerce informel de l'essence frelatée "Kpayo", afin de rapprocher les deux bouts. Sans jamais pouvoir les joindre !...

Après analyse de cette situation devenue de plus en plus infernale, papa Pito décida de nous renvoyer au village : moi et nos neuf rejetons. Même ce retour effectif à Savalou, n'avait été matériellement possible que grâce à l'assistance de son ancien collègue et camarade, politicien de carrière.

Pour nous éviter l'isolement entier, ce dernier nous avait fait don de ce poste téléviseur blanc-noir, notre unique moyen de communication avec la ville de Cotonou.

Le lendemain de cette marche, nous avions été nourris par les informations des radios-trottoirs. Lorsque la grève des enseignants battait encore le pavé, d'autres corps de profession étaient entrés dans la danse.

Le gouvernement, ne sachant plus à quelle sauce se manger, procédait à l'arrestation des organisateurs de ces troubles protestataires et revendicateurs.

Certains d'entre eux avaient cherché leur salut dans la fuite. Dans cette foulée, mon époux avait disparu. Depuis ce temps, nous n'avions plus de ses nouvelles. Il n'avait pas non plus regagné le village.

Un après-midi, une nouvelle cynique circulait faisant état du corps d'un enseignant, retrouvé en pleine chaussée, le visage très méconnaissable.

Je ne pouvais m'abstenir de déduire qu'il s'agissait bien de Yadouvi. Tellement, je connaissais mon époux, incapable et maladroit, dans une telle aventure.

Plusieurs jours et plusieurs mois, s'étaient pourchassés, Yadouvi ne nous revenait pas toujours. Et il n'écrivait, ni ne téléphonait non plus.

Mes beaux-parents, les miens, nos enfants et moi-même, étions contraints d'organiser les funérailles du présumé défunt, selon les traditions. Il ne rencontrerait pas les ancêtres, dans l'au-delà, si ces dernières n'étaient pas respectées.

Ce dimanche soir, la nuit était encore au rendez-vous à Savalou, mon village natal. Mais, la pleine lune ne lui permettait pas de le noircir totalement.

La lune devenue très pâle ce soir, paraissait être en deuil avec le village qui avait perdu son gendre. La nouvelle du départ inaperçu de Yadouvi de la capitale et de la découverte de la dépouille d'un enseignant, avait éclaté dans le village comme une bile.

Je ne dormais plus depuis plusieurs jours, après les cérémonies d'inhumation de mon mari. J'étais présumée veuve. Et particulièrement, cette nuit du dimanche, je n'avais pu fermer l'œil. Je nageais dans des souvenirs.

Lorsque le cas s'était signalé, j'avais consulté un sorcier. Ce dernier qui pratiquait la chiromancie pour ses nombreuses consultations, saisit ma main gauche, en scruta longuement la paume et déclara :

- Dame !... Un malheur indescriptible, collectif et inévitable s'est abattu sur vous et votre famille !... Une personne très chère à vous et à tout le village, était assassinée avant d'être brûlée avec d'autres... Vous devez célébrer ses funérailles et tuer des sacrifices afin d'éviter à d'autres descendants de votre famille de lui emboîter les pas...

Lorsque je me rappelais ces propos du sorcier, je ne pouvais contenir mes larmes. Je pleurais d'abord secrètement et publiquement, par la suite.

Malgré le soutien et l'encouragement des parents et alliés dont j'étais l'objet, j'étais restée inconsolable.

Et cette nuit-là, j'étais dans ma chambre tout yeux, tout oreilles. Au milieu de mes enfants éparpillés sur la natte, j'étais assise, le menton emprisonné dans ma main gauche et mon regard fixant le toit. Je suivais tous les bruits nocturnes.

Les moutons se pourchassaient et bêlaient çà et là. Dans mes soucis, je perçus des aboiements lointains relayés de proche en proche par les chiens des autres maisons, jusqu'à ceux de notre concession.

Je sentis avec assurance que quelqu'un ou quelque chose, était entré dans le village. Je songeai immédiatement à l'ombre de mon mari assassiné. Je fondis facilement en larmes.

Je sanglotai encore, tandis que quelqu'un toqua à ma porte et psalmodia :

- Maman Pito ! Maman Pito ! Pito-non ! C'est moi, papa Pito ! C'est ton époux !...

Je ne répondis toujours pas. Je fus mouillée d'émotion. S'agissait-il vraiment de l'ombre de mon époux?... Si oui, j'étais anéantie, si je répondais.

J'aimais bien papa Pito. Je voulais répondre et mourir, s'il le fallait. Mais, et les enfants ?! Au cas où cela serait Yadouvi charnel qui me parlait, je ne courais aucun danger en répondant.

Cette dernière hypothèse me rassura, puisque je doutais que mon époux m'ait quitté aussi brusque que prématuré. Enfin, je répondis courageusement à tout hasard:

- C'est toi, papa Pito ?...

- Oui, c'est bien moi !... Pas en chair, mais au moins, en peau et en os !... Ouvre-moi, s'il te plaît !...

A ces propos, les bruits cardiaques de mon être, se firent plus accélérer. Mon époux, en peau et en os ?!...

Je haletai. Je tremblai fiévreusement. J'eus envie de crier. Je m'écroulai contre la porte. Mes enfants se réveillèrent. Des cris ! ...Des pleurs ! ...Taisez-vous, leur ordonnai-je à voix très basse, et mon cœur toujours en vitesse. A terre, les yeux humides et la les lèvres frémissantes, j'osai finalement :

- Es-tu réellement vivant, mon chéri ? ...

- Plus que vivant, ma fleur !... N'aie pas la crainte et ouvre-moi la porte. Je suis bien vivant !...

J'ouvris enfin la porte, contre toute hésitation. Yadouvi apparut à ma vue et je vis double image.

Et, les yeux fermés, je me jetai dans ses bras. Nous nous embrassâmes affectueusement, en larmes de joie.

2. EST-CE LA PUISSANCE DU VODOUN ?

« ...Jeudi 21 décembre 1989, je revenais de l'Institut où j'étudiais. Après mon baccalauréat série G2, mention assez-bien, j'avais bénéficié d'une bourse pour poursuivre mes études en Gestion des Entreprises à Paris. J'y faisais ma troisième année.

Ce jour, plus que jamais, la nostalgie pesait sur ma raison comme un fardeau de cadavre. Je sentais le besoin pressant de l'amour maternel, de l'odeur de la maison paternelle et de la chaleur de mes frères. Je ne comprenais pas pourquoi ces idées me traumatisaient. Arrivé à la résidence, ces hallucinations se décuplaient et se précisaient. Pareil à un cauchemar, des images défilaient sous mes yeux embrouillés.

Je partageais mon dortoir avec trois autres étudiants africains : un sénégalais, un togolais et un compatriote. Je n'osais pas leur parler de ma situation. Entre africains, j'ignorais l'origine de mon mal qui pourrait être interne à nous.

Néanmoins avant le coucher, je décidais d'en informer mon compatriote. Celui-ci me conseillait de l'écrire à mes parents le plus sérieusement possible.

Cette nuit, au moment où toute la résidence dormait, je rêvais. Je me promenais, toujours dans le sommeil. Je croisais un groupe de vieillards aux cheveux cotonneux. Parmi eux, le maître féticheur du village et mon défunt père. Ils étaient tous en robe uniforme blanche, tachetée de noir.

Ils s'avancèrent sur moi. Je rassemblai toutes mes forces pour détaler, mais en dépit de mes agitations, je ne bougeai pas d'un pouce.

Le maître féticheur qui les dirigeait vers moi, me cria:

- Ramasse tes effets, Bossou !... Tu m'écoutes ?... Ramasse tes affaires et rentre au village !...

Je me mis à paniquer et à tituber. Mon regretté père qui se tenait derrière le maître féticheur, les chassa à coups de bâton. Et l'ombre de mon père, me confia enfin :

- Mon fils, ne les écoute pas !... Tu dois terminer tes études !... Mais, prends garde !... Tiens cette parole de sagesse, elle te servira de guide pour ta vie :

Ecoute leur voix !
Ecoute la voix de tes ancêtres.
Suis la voie de tes ancêtres.
Oui, suis leur voie.

Tu rencontreras le bonheur;
Tu posséderas la joie et la paix.
Ainsi mon fils, ton avenir sera gai,
Et tu vaincras la mauvaise humeur.

Mais, écoute enfant !
Tends tes oreilles mon sang,
Ton sort dépend de Dieu l'Amour !

Cultive, mon fils, la foi de ton âme
Et sème autour toi l'amour.
Ton destin dépend de ces deux armes.

Suite à cette recommandation tutélaire, je m'éclatais en sanglots. Je pleurais sans retenue à telle enseigne que tous mes camarades du dortoir se réveillaient.

A mon réveil, je me retrouvais entre les mains de mon compatriote. Je ne parvenais plus à ordonner mes idées. Je délirais. Je me rappelais qu'on m'avait gardé plusieurs jours chez un psychiatre. Finalement, j'étais confié à mon concitoyen de me ramener au pays… ». J'étais au village…

- Vous sentez-vous mieux ici ?...

- Un peu, oui. Il n'a pas cessé de trembler et de parler à tort et à travers.

- Dis donc, il n'a toujours pas décidé de manger ?

- Comme toujours, il a pris quelques bouchées.

- Mais, tu vois comment il maigrit ?

- Oui, Vodounon. Il était deux fois plus gros avant son admission dans ce convent. Depuis ce jour, il n'a pas encore retrouvé toutes ses facultés.

- Il fallait le forcer à manger !... Sinon, c'est dangereux !... De plus, à quand son initiation définitive ?...

- De quelle manière l'obliger à s'alimenter ?... J'ai tout essayé !... Surtout, il ne se porte pas bien !... Peut-on gaver un homme de cet âge, comme un bébé ?...

- C'est ce qu'on verra !... Et, il faut bien le surveiller !... Nos enfants qui ont fréquenté les blancs, sont très malins !... Le couvent n'est pas à moi, les fétiches non plus. Après moi, qui doit prendre la place de son défunt père ?... Il finira par comprendre !...

- Tu as raison !... Il doit se conformer aux traditions de ses ancêtres !...

- Lorsque ce petit Bossou était au cours primaire dans ce village, il était le meilleur percussionniste des rythmes de nos fétiches et de nos traditions. Du gong en passant par les petits tam-tams, jusqu'aux grands tambours, il les exécutait avec adresse !... Le jour où, j'avais appris que ce garçon ira étudier en France, je m'attendais à une telle situation. Aujourd'hui nos chances sont maigres, de lui faire jouer le rôle qui est le sien. Au lieu de trois mois de retraite d'initiation, il lui faudrait six !... Penses-tu qu'il ne nous écoute pas, ce rusé ?...

- Qui ?... Bossou n'a pas retrouvé sa mémoire !... En témoigne sa façon même de manger et de parler !... Je te ferais signe, si c'était le cas !...

- Bon,... On espère que ça ira... Je reviens bientôt.

« ...C'était le maître féticheur qui s'entretenait avec le garde régisseur du couvent. Ce dernier m'assistait en tout, depuis mon admission au couvent.

Ils ignoraient tous que j'avais repris conscience. Et je m'employais méthodiquement, à leur faire croire le contraire... ».

« ...J'étais donc revenu au village à la grande satisfaction de tous les sages de ma famille. Ils savaient que j'allais atterrir et m'attendaient de pieds fermes. Seule ma mère et certains de mes frères portaient au visage, la marque d'inquiétude et de regret.

De concertations en réunions et de réunions en consultations de l'oracle, plusieurs sacrifices avaient été exécutés. Des mixtures de tout genre, des décoctions et infusions m'avaient été administrées tous les jours.

Un soir, alors que je m'apprêtais à me coucher, je sentis une forte étreinte me monter des jambes en passant par les côtes jusqu'au cerveau… ». Une autre visite…

…- Bonjour dah !...

- Bonjour, Bossounon.

- Et la santé du couvent ?...

- Le couvent se porte très-bien. Notre étranger mange bien et dort correctement. Ne t'alarme pas, Dame !...

- Merci, aux miracles des dieux et des ancêtres. Je lui apporte son petit déjeuner.

- Dépose-le à l'endroit habituel. Tu peux disposer.

«…Là, c'était ma chère mère qui s'enquérait de ma santé auprès du garde. Elle n'a pas accès à la profondeur du couvent où je me trouvais. Comme elle, ceux qui ne sont pas initiés ne savaient rien de ce qui m'arrivait à l'intérieur du camp religieux. J'en avais pour six mois. Il y avait le langage des fétiches à apprendre, les habitudes européennes à abandonner et surtout les différentes danses à maîtriser… ».

«...Lorsque l'étreinte était parvenue à mon cerveau, j'avais perdu connaissance et étais conduit dans ce couvent. J'avais le sentiment d'être envoûté ou d'avoir été victime d'une potion soporifique ou hypnotiseuse.

J'étais incapable de m'expliquer ce qui m'arrivait. Alors, j'avais pris l'initiative de reconstituer les événements qui m'avaient projeté dans cet état subconscient.

De fil en aiguille, en me figurant le déroulement du drame depuis Paris, je récupérais progressivement mes facultés. Les effets du maraboutage perdirent un à un, leur charme sur moi... ». Des jours et des mois passaient...

...- Dah, j'ai besoin de toi. Nous devons discuter.

- Tu as raison, Vodounon. Suite à notre dernière réunion, nous devons faire le nécessaire et laisser le fétiche qui l'a dompté, de s'occuper de l'agréable.

- Donc, la décision de l'assise était conséquente ?...

- C'était la seule possibilité qui nous restait !...

- Il y a bientôt quatre mois et demi, que nous avons engagé ce processus !.... Et la situation ne s'améliore pas. L'idéal serait donc de poursuivre et de sceller les rites d'initiation !... Nous n'avons jamais connu un cas typique !... Dès qu'il entrera en alliance avec son dieu, il guérira !... Car, sa mort et sa renaissance, spirituelles, sont l'œuvre du seul vodoun qui l'a réincarné. Quelle évaluation pouvons-nous faire actuellement, des enseignements initiatiques que nous lui prodiguons ici ?...

- Sincèrement, je ne saurais opérer une juste notation, qu'après sa sortie solennelle publique. Parce que, la recrue adopte un comportement vague !... Elle exécute instinctivement toutes les danses qu'on lui apprend, avec une maladresse bien entendue.

- Cela suffit, pour nous éviter le gaspillage de temps !... Quand il saura qu'il est devenu une personne spéciale, au statut mystique, il n'y a aucune raison qu'il ne maîtrise pas les secrets de sa culture. Dans sept jours, selon la décision du collège des prêtres féticheurs, la liturgie solennelle de l'initié aura lieu.

- Je suis particulièrement très soulagé de ce verdict, qui vient libérer non seulement nous qui sommes au couvent, mais également les parents et surtout la communauté impatiente !...

« ...C'était encore le maître féticheur et le garde régisseur du couvent qui programmaient les cérémonies officielles de ma sortie de l'isolement. Ils étaient interrompus par l'arrivée de nombreux anciens adeptes. Depuis quelques jours, ces derniers arrivaient de toutes les contrées du village, pour la préparation de l'événement ».

...Mes souvenirs qui me suivaient à tout moment, furent désormais concurrencés par la recherche effrénée de stratégies d'évasion. Je devais trouver le moyen de m'échapper à cette séquestration, de retourner à Paris et d'y terminer mes études. Comment y parvenir ?... Dieu seul le savait.

Je savais que la valorisation et la pérennisation de nos cultures et traditions, incombaient à nous tous, citoyens de notre pays. Mais, pour rendre nos rites culturels et cultuels compétitifs et exportables, il était urgent de réduire au maximum ou d'éliminer au besoin, leur côté négatif.

Et pour y parvenir, cela nécessitait sans aucun doute, des ressources intellectuelles, matérielles et financières. Ces dernières ne pourraient jamais être mobilisées et utilisées, sans l'éducation et la formation des fils et filles de ce pays.

L'avant-veille de la consécration de ma mutation, tous les disciples du couvent, venus d'un peu partout, étaient accueillis et campés. Ma cellule-hôte, grouillait de vies humaines.

La veille proprement dite, j'étais spécialement encadré et entraîné. Ce jour, j'avais usé de toutes les manies pour m'évader, sans gagner la moindre brèche. Je réalisais que j'étais désormais condamné à l'incarnation du dieu de fer et mes études sacrifiées. Je n'osais même pas en pleurer, au risque de me découvrir et d'être sacrifié.

Tous les habitants du village furent informés par le crieur public et s'apprêtèrent bon train. Du goût à l'ouïe, de voyageur en voyageur, la nouvelle remplit les espaces de la bourgade et des fermes voisines. Dans les forges, les ateliers, sous les arbres, aux champs et partout dans la région, les palabres se bousculèrent.

Plus tenaces, elles furent présentes à toutes les causeries. Elles accompagnèrent les femmes partout, les poursuivirent au marigot, à la cuisine et même, jusqu'au lit conjugal. Les palabres se consommèrent, se partagèrent entre amis, entre mariés et même entre ennemis.

Le lendemain, le jour sacré de l'initiation, personne n'alla au champ, au marigot ni au marché. La mobilisation fut totale.

L'heure de la liturgie s'approcha et en prélude, les femmes fétichistes entonnèrent, depuis le couvent, un chant de ralliement.

Elles évoluèrent lentement du couvent à la place publique, sous le baobab sacré. J'étais déifiquement habillé par quelques-unes d'entre elles, avec des accoutrements mystérieux. Mes mollets, mes poignets et mon cou étaient ceints, par de nombreuses perles riches en couleur.

Nous avançâmes ensemble, à pas feutrés, le torse nu tacheté de noir, de rouge et de blanc. Notre marche fut cadencée par un grand tam-tam, trois tam-tamets et plusieurs gongs.

J'étais soigneusement cerné devant, derrière, à droite et à gauche, par les grands maîtres du couvent, la tête couronnée et enturbannée d'un pagne blanc-neige.

Dans le rang, la femme éclaireuse tenait dans sa main droite, la corde au cou d'une chèvre noire. L'autre main gardait une poule rouge. Une autre femme qui fermait la queue, tenait un coq blanc à droite et une poule noire à gauche.

A une allure d'escargot, la queue avança et toute la foule curieuse également. Progressivement, nous arrivâmes à l'esplanade, sous le baobab sacré.

Les spectateurs étaient nombreux. Les uns assis sur des tabourets ou à même le sol, d'autres debout et certains perchés sur des arbres. C'était un grand évènement rarissime.

Mon premier coup d'œil sur la rampe, perçut ma mère, assise calme au milieu des membres de notre famille.

Selon le rituel, le nouvel initié devait effectuer sept tours de l'arbre sacré. Quatre en compagnie de ses parrains et trois en solitaire.

Nous dansâmes ensemble quatre fois autour du baobab-fétiche et les trois dernières rondes, je me débrouillai seul.

Au cours de mon deuxième round solitaire, j'entrai en transe, je dansai et je me trémoussai comme un véritable possédé. Le public en liesse ovationna et toute l'assistance initiée fut satisfaite de la chorégraphie de son nouvel adepte.

Profitant de ma prestation endiablée et de transe en transe, je fonçai en cadence sur le spectacle qui se disloqua, à la débandade. Je dansai en foulées, hors du cercle consacré.

Néanmoins, cette danse très inhabituelle et surprise, força des applaudissements de la foule et les joueurs de tam-tam aussi, redoublèrent d'ardeur.

Avant que les maîtres du couvent et la foule, qui espérèrent le retour du nouvel initié, ne réalisèrent que mon ballet était atypique, j'étais déjà très loin.

Je courais comme un dément. A deux cents mètres du village, je m'arrêtais. Je scrutais partout et me dépouillais de tous les objets compromettants, au profit de quelques habits. Dans ma mémoire, se bousculaient plusieurs idées : Mon rêve !... Le poème incantatoire de l'ombre, de mon père !... Mes études à Paris !... Mes Projets de vie !...

Ainsi, prudemment et sans hésitation ni frayeur, je disparaissais dans la nature avec ma carte bancaire, qui était toujours dissimulée dans une poche secrète.

3. COMMENT UN MALFRAT, DEVIENT UN SAUVEUR ?

Au crépuscule de ce jour, le soleil semblait beaucoup souffrir avant de disparaître derrière le firmament. Malgré ma rentrée tardive du boulot, la clarté du jour n'avait pas totalement disparu. Progressivement, la nuit emménageait les lieux tristement abandonnés par l'astre diurne.

Je venais juste de garer ma voiture. Je devais normalement me reposer de cette longue journée de travail. Je brûlais aussi d'envie de décharger ma libido sur ma moitié.

Avant la tombée définitive de la nuit, je percevais un homme costaud et géant, qui faisait des rondes incessantes devant notre concession. Il portait un pantalon blue-jean et une chemise sans manche. Ses cheveux ébouriffés lui donnaient, l'apparence d'un handicapé mental.

Au début, je l'observais à travers les persiennes de ma fenêtre. Un moment plus tard, je l'avais perdu de vue :… Celui qu'il espérait l'avait certainement rejoint. Pourtant, je n'étais pas convaincu de cette hypothèse.

Je me rendais alors à la cuisine pour informer mon épouse, de la présence de cet homme qui m'inspirait singulièrement la crainte.

Nous étions seuls, Bertille et moi, dans notre villa que nous venions d'intégrer. Nous n'avions pas encore eu d'enfant. Nous avions passé plusieurs années de fiançailles et nous venions de nous marier depuis peu.

J'avais connu Bertille à l'Ecole Nationale des Infirmiers et Infirmières d'Etat (ENIIE) où elle préparait son diplôme. J'étais le chef service comptabilité du ministère des finances. A l'infirmerie du ministère, elle venait faire la pratique de sa formation.

Un jour, j'avais piqué une crise de surmenage physique dans mon bureau. Bertille était de service. Elle m'appliqua avec dextérité, toute sa connaissance professionnelle. Je retrouvai prompte guérison. Elle m'avait prescrit, outre les médicaments, quelques jours de repos. Elle insista sur l'observance du repos.

Une après-midi, alors que je siestais, j'ai reçu la visite inopinée et surprise de Bertille. J'ignorais quand, elle connaissait mon domicile. Elle était élégante, habillée comme une déesse. J'étais magnétisé. Mes yeux brillaient d'émotion et tout mon corps vibrait.

Depuis mon jeune âge, je n'avais jamais bénéficié des avances féminines. Des avances d'une fille encore naturelle, encore innocente. Mon cœur frémissait comme un moteur mal huilé. Je bredouillais quelques mots, dont je ne me rappelais plus la teneur.

Les effets de mon accueil émotionnel, l'avaient subitement projetée dans l'extase. La porte intime de Bertille était jusqu'à l'âge de 19 ans, fermée à double tours. Les yeux mi-clos et fébrilement, elle m'avait rendu la clé de l'ouvrir et de couper le ruban inaugural.

La clé solidement érigée, j'avais percé difficilement l'hymen. Je lisais dans son corps, la douleur et la douceur des premières secondes. Quelques minutes plus tard, l'étreinte était totale et réciproque. Je ne me rappelais plus les cris de quel oiseau animaient notre lutte. Elle criait. Elle chantait. Non, elle jouissait. Je lui répliquais son refrain émotionnel.

Nous nous étions battus plusieurs heures sur le ring mousseux, comme deux puissants pugilistes. Le verdict de l'orgasme nous avait renvoyé dos à dos.

Notre amitié avait rapidement pris la tournure de fiançailles et s'était éclatée au grand jour.

J'avais une femme dans ma vie, Odile, avec qui je partageais un amour platonique timide. Le nouveau contrat moral avec Bertille m'avait obligé à rompre secrètement mes relations avec Odile.

J'étais revenu dans la salle de séjour, en attendant le repas du soir. Au moment où Bertille mettait le couvert, je prenais ma dernière douche de la journée.

Revenu du bain, le repas était déjà servi et mieux garni. Contrairement à notre habitude, depuis notre mariage, Bertille dînait seule à l'écart. D'abord, j'étais immédiatement fragilisé. Je supposais tout. Etait-elle mise au courant de mes anciennes amours ? Pourtant, je n'avais pas tenté de creuser les siennes ! Tout était fini entre Odile et moi ! Par la suite, j'avais compris que c'était une coïncidence.

Néanmoins, avant d'aller à table, je l'avais invitée de me tenir compagnie. Elle avait décliné l'offre en souriant. Son sourire étincelant habituel qui m'avait apaisé : Elle était sûrement rassasiée.

Quand je m'apprêtais à avaler la première bouchée, un individu sauta du plafond et tomba à mes pieds. J'avais le souffle coupé net. Il renversa mes plats et le morceau que j'avais en main tomba. Je reconnus en lui, l'homme du crépuscule qui faisait la ronde devant notre maison.

Bertille se précipita dehors et cria fort. Je saisis mon fusil pour abattre le malfrat quand il me supplia de l'écouter. Il serait venu me sauver. Je déposai l'arme contre ma jambe gauche. Les cris de Bertille, au voleur, à l'assassin, avaient drainé déjà une foule nombreuse, à l'intérieur comme à l'extérieur de notre domicile.

Je permis alors à l'homme de s'expliquer :

- Merci Monsieur, de me laisser en vie, commença-t-il. Effectivement, je vis dans la rue, depuis ma petite enfance !... J'ai pas de parent, j'ai pas de soutien !... Je me débrouille, comme je peux !... Réellement, je suis devenu un malfrat et je suis venu voler, pour la première fois, chez vous !... Monsieur, pardonnez-moi !... Je vous en supplie !...

La foule s'agitait intolérante, essence et allumette en mains, dans le dessein de le maltraiter et le brûler vif. Mais, je l'avais difficilement convaincue que « nul n'a le droit de se faire justice ».

Je pensais plutôt qu'après l'avoir écouté, nous le rendrions à la police afin d'éviter la vindicte populaire. Parle, je t'écoute !... Lui ordonnai-je, finalement :

- ...Donc, poursuit-il, au moment où vous étiez allé à la cuisine chez madame, j'ai escaladé la clôture... Je suis rentré au salon et je me suis accroché au plafond... A ma grande surprise, Monsieur, quand vous étiez encore au bain, votre épouse a empoisonné la nourriture qu'elle vous a servie... Alors j'ai décidé sacrifier mon projet de vol, afin de vous sauver la vie... Si vous ne me croyez pas, Monsieur, servez cette nourriture à votre chat... Il mourra aussitôt !...

Tout le public étonné, menaçait de le torturer : C'est un menteur !... Un voleur de première main !... Tapez-le !... Lapidez-le !... Brûlez-le !...

J'avais décidé curieusement, de contrôler la véracité de ses propos. Alors, j'avais demandé à Bertille de manger le mets qu'elle m'avait réservé, afin de se disculper aux yeux de l'opinion publique.

A peine finissais-je cette phrase que mon épouse s'était écroulée, à genoux devant la foule et déclarait :

- Je te prie Richard, de me pardonner !... Au nom de notre amour !... Au nom de notre futur enfant, que je porte !... C'est vrai !... Il a raison !...

Abasourdi et bouche bée, je la dévisageai les yeux grandement ouverts et je tombai de dépit. Elle poursuivait toujours ses litanies :

- J'ai effectivement empoisonné ton repas, bébé !...
Je pensais que... Je croyais que... Tu me trompais avec
une autre femme : Odile !... Je t'en supplie, mon
chéri !...

Toute la foule se déchaîna, cria, gesticula, maudit,
gronda et insulta Bertille, d'épouse méchante et
sorcière.

Néanmoins, quelques femmes voisines, s'apitoyèrent
sur cette criminelle en pleurs et l'aidèrent jusqu'à notre
salon.

Pendant ce temps, certains de mes amis du quartier
se regroupèrent déjà autour de moi, me calmèrent et
tentèrent de me relever. Mais très meurtri, je refusais
toute assistance et restais à terre, les yeux inondés de
larmes.

Le malfrat quant à lui, il profita du chaos déclenché
par son inculpation et disparut discrètement. Je ne
savais quand et par où il était parti. Il avait raison. Dieu
l'assiste !

Subitement, j'eus une idée et je me relevai. Sans un
mot, je courus dans ma chambre. Je rangeai hâtivement,
dans ma voiture, quelques affaires de service et des
effets vestimentaires. Je restai un instant pensif : Vie de
couple !

Je revins au salon et je vis Bertille toujours en larmes
de chien et couchée sur le tapis au sol. J'avais pitié
d'elle.

J'aimais follement Bertille et elle le savait. Elle aussi, m'adorait religieusement, j'en étais sûr. Malheureusement pour nous, elle couvait un amour passionnel et mortel.

Je la regardai une dernière fois et je lui adressai : Adieu, ma chère épouse !... En larmes, elle leva la tête et de honte, elle me regarda du coin de l'œil, puis elle se recoucha sur le tapis en se roulant sur le ventre, malgré sa grossesse.

Quelques folles minutes après, j'ouvris grandement la porte de mon garage, j'y entrai et sortis mon véhicule. Je refermai timidement la porte, je montai dans ma voiture et je démarrai en toute vitesse, pour une destination inconnue.

29

4. LA DEESSE DE LA MER NOIRE !

Dans le village de Sodji, entouré d'une ceinture de collines sacrées, réside une fille très célèbre par sa beauté. Elle s'appelle Lissa. Elle a une beauté exagérée et presque miraculeuse. A tous les coins de la rue, dans les places publiques et même dans les maisons, on ne parle que de Lissa. Sa joliesse est devenue une obsession aux appétits mâles : jeunes ou vieux, riches ou pauvres. Ses longs cheveux, ses yeux bleus, sa belle figure et ses seins véritables jumeaux, harmonisent avec sa taille effilée et son teint noir bronzé. Elle est toujours vêtue des habits simples et attrayants, qui lui attirent la foudre des yeux.

Les parents de la fille en furent inquiets au point de limiter et même de réglementer, les sorties de leur enfant. La petite, elle-même, en a pris conscience et ne se déplace jamais seule. Malgré ces précautions, elle a de la peine à maîtriser les dizaines d'avances qui lui parviennent tous les jours. Mais, elle esquive les offres de tous ces prétendants quelles que soient leurs conditions socio-économiques.

Dans cette période où Lissa est devenue une cible à la virilité masculine, un jeune garçon est aussi remarqué pour son excellence dans le travail. A Sodji, il n'y a pas son pareil dans le rang de sa promotion. Certains disent qu'ils n'ont jamais vu un jeune aussi laborieux. Les muscles de son avant-bras, de sa poitrine et de ses mollets, rappellent un robuste lutteur, champion du Sénégal. Ses champs immenses sont bien entretenus, ainsi que son bétail qui est d'ailleurs, le mieux nourri. Dans sa maison, c'est l'abondance. Il a tout ce qu'il faut, pour bien se nourrir et faire des cérémonies si coûteuses soient-elles. Ainsi, tout le village a son œil sur ce jeune homme, devenu un modèle.

En effet, on ne cesse de le citer en exemple lorsqu'il arrive de faire la morale à un groupe de jeunes belliqueux. Ces derniers envient son sort par le respect ou par la jalousie. Lui-même en a pris connaissance et redouble d'ardeur, à la grande joie de sa famille.

Un mercredi matin de l'hivernage, au premier chant du coq, une délégation composée de trois personnes entra dans la concession du jeune cultivateur. Celui-ci s'apprêtait à entamer la journée champêtre. A la vue des trois vieux qu'il connaît bien, Bossou s'obligea de regagner sa chambre, sans trop savoir pourquoi. Son père sortit aussitôt pour accueillir les visiteurs et en même temps, les installer selon la coutume. Bossou sortit à nouveau et alla saluer les hôtes, en s'abaissant très bas. Il regagna ensuite un coin de la chambre où il s'accroupit.

Toute la maisonnée de Bossou attend de savoir ce qui a pu bien conduire ces personnages vers elle. Car, une visite comme celle-là est, soit bienvenue, soit indésirable. Les membres de la famille se regardèrent sans se poser la moindre question. Alors, ils demeurèrent tout curieux et attendirent que la parole soit donnée aux étrangers. Il faut réveiller le chef de la famille, le grand-père de Bossou, qui est encore dans sa chambre.

Le porte-parole de la délégation, le père de Lissa, les cheveux ébouriffés tel un handicapé mental, la poitrine bombée et le visage anxieux, il médita. Les deux autres membres de la commission s'impatientèrent quand le grand-père de Bossou sortit de la case d'en face.

Il est drapé dans un pagne de tissage local, sa longue pipe tenaillée entre deux canines. C'est un vieillard presque octogénaire. Ses joues ressemblent à un ballon dégonflé et ses cheveux, à un tas de coton égrené. Etendu dans un long fauteuil, il interrompit le père de Lissa dans sa méditation :

- Soyez les bienvenus dans la paix, chers étrangers.

- Paix à vous Dah, et à votre entourage.

- Bossou, demande à nos étrangers, sur quel pied nous les recevons.

- Honorables sages, mon grand-père m'ordonne, de vous demander la matière de votre visite.

- C'est vrai, jeune homme. Vous savez tous que je suis le père de Lissa. Depuis une certaine durée, de nombreux candidats se bousculent à notre porte !...

- A ce propos, il paraît que le destin de votre fille vous interdit de la donner en mariage !...

- Il n'en était rien, Dah. Cette histoire a été inventée afin de libérer notre fille des griffes des aventuriers amoureux.

- Papa Lissa, je vous rappelle que vous n'avez pas encore donné suite à la préoccupation de Dah…

- Justement, l'objet de notre visite, c'est toi jeune homme ! …

Malgré le caractère sérieux et exemplaire de Bossou, ses parents s'affolèrent, suite à cette déclaration. Le garçon lui-même, est resté perplexe. Il ne comprend rien. Le porte-parole acheva enfin sa phrase :

- En effet, notre fille Lissa, a confié à sa mère, il y a quelques semaines, qu'elle souhaite être fiancée à votre fils Bossou !...

La nouvelle est joyeusement accueillie par toute la famille du jeune garçon et aussi, par lui-même. Il est vraiment consentant. Une joie néanmoins tachetée de la crainte, des règles coutumières du mariage : les tabous !...

Le père de Lissa qui a passé toute sa jeunesse à la capitale, réussit à faire accepter sa vision. Pour lui, à un âge raisonnable, les filles comme les garçons, ont le même droit de manifester leurs désirs sentimentaux, bien sûr sous le couvert de leurs parents.

Cependant, dans le village de Sodji, tout le monde le sait, une femme et encore moins une fille, ne fait jamais des avances à un homme. Elle n'a même pas le droit d'observer une attitude allant dans ce sens. Seul l'homme se manifeste quand il aime. Dans ce cas, il faut encore négocier, parler beaucoup, en démontrant combien l'union est légale et peut apporter paix et prospérité, aux deux familles. Jamais, la fille ne lui donnerais l'occasion de causer directement avec elle, que ce soit chez elle ou ailleurs.

Sa femme est donc étonnée et même inquiète du comportement éhonté de leur fille. La mère de Lissa est devenue soucieuse, malgré l'ambiance qui ne s'y prête pas.

Quelques mois plus tard, la date du mariage fut fixée. On distribua la kola traditionnelle à tous les membres de la belle-famille. On acheta tout ce qu'il faut.

Depuis le libertinage de sa fille, la mère de Lissa s'est interdite de vendre ni à la criée, ni au marché. Une femme élégante et belle, d'une famille respectable, elle est traînée dans la boue par sa propre fille. Elle ne sort plus son nez dehors. Elle se réveilla le matin au premier appel du muezzin et, écartant Lissa, elle fit seule le ménage.

Lorsqu'elle finit, elle se baigna, se ceignit la poitrine avec un pagne teinté et s'assit sur un escabeau. Elle se leva de temps à autres, marcha un peu et tourna autour de la maison. Elle se souvint tout. Elle eut encore vivantes en mémoire, les images de sa fille lorsqu'elle lui annonça l'impudique nouvelle :

- Je voudrais te parler, mère. Commença-t-elle.

- Me parler ? Je t'écoute. Lui répliquai-je.

- Tu me promets, maman ?

- Quoi ? Parle, Lissa !

- Tu me promets ne rien dire à papa ?

- De quoi s'agit-il ?

- Je suis très heureuse, mère. Je ne sais pas comment te l'expliquer.

- Tu le fais déjà, non ? Alors ?

- J'aime enfin un garçon. Nous allons nous fiancer…

- D'où te viennent ces idées, ma fille ? Qui est cet individu ? (Je haletai déjà, tout en sueur).

- C'est le garçon dont nous traversons les champs, avant notre ferme, maman.

- Tu es sérieuse, Lissa ? Tu ne vas pas bien !? As-tu un problème psychologique !? (J'eus le souffle coupé et je ne réagis plus).

Au bout de ses souvenirs, elle scruta longuement le firmament et versa quelques larmes qu'elle essuya vite avec un pan de son pagne. Une femme, une fille, porter une déclaration d'amour à un homme, à un garçon ? C'est grave, et à la fois, inconcevable et contraire aux traditions de Sodji.

Le plus dégradant, cela est arrivé par une goutte de son sang. Ce morceau de sa chair, qui ne réalise pas à quel point, il perd la raison. N'ayant pas le pouvoir de décision, elle se remit aux desiderata de son époux qui encouragea le phénomène.

Pourtant, certains de ses beaux-frères comprennent parfaitement son amertume. Ceux-ci sont même méfiants et boudent quelque peu, la kola qu'on leur a remise lorsqu'on projette les noces. Malheureusement, suivant la tradition, maman Lissa est contrainte de distribuer la kola. La demande de main d'un homme ? Monologua-t-elle.

Mais, il n'en fut rien ! Le jour nuptial arriva et fut célébré en grande parade, sous un feu de regards envieux. Bossou est le plus méritant, disent certains, mais pour d'autres, ce jeune homme est trop téméraire.

Lissa rayonna, au milieu de ses amies, dans sa blanche robe de mariée. La figure voilée, les cinq doigts de la main gauche, chargés de bagues d'alliance et de parure, elle fut divinement assortie. Bossou porta pour la circonstance, une chemise blanche et un pantalon noir. Ses cheveux joliment taillés, bordent une raie fendue côté gauche, à l'image d'une piste, au milieu de la brousse. Tout le village de Sodji est en liesse.

Au cours de ces cérémonies, les blessures de la mère de Lissa, laissées par les douleurs de la dépravation de la jeune fille, se cicatrisèrent une à une.

Malgré les gémissements et rancœurs, la plus belle fille du village est conduite chez son époux. Elle est accompagnée des chants et danses rituels, de toutes sortes.

Le septième jour, après leur mariage, aux environs de sept heures du matin, Lissa disparut. Elle emporta tous ses objets précieux : bagues et parures en or, talismans, tissus haut de gamme, chaussures de classe, une grosse monnaie.

Son époux se réveilla tardivement du sommeil de miel, au milieu des effets vestimentaires éparpillés dans la chambre. Au départ, il attribua cette absence inhabituelle de son épouse, à une occupation ménagère.

Mais, la durée de l'attente le poussa, à alerter la belle-famille et la sienne. Bientôt, tout Sodji et ses environs, furent en effervescence. Toutes les populations du village, des hameaux environnants et des villages voisins, furent mobilisées.

Toute la semaine durant, les habitations, les forêts, les brousses et les fleuves, furent tamisés. Aucune trace, ni une piste exploitable pour retrouver enfin la nouvelle mariée.

A bout de nerfs, sa mère consulta un devin. Celui-ci révéla aux parents, de la plus belle fille de Sodji, que Lissa fut une incarnation d'une déesse des eaux : Tohossi. Elle avait pris la forme humaine, afin d'habiter parmi les Sodjinous et leur léguer, l'abondance de ses richesses. Elle retourna alors paisiblement, dans les ondes de la mer. Conclut le divinateur.

Certains affirmèrent, au contraire, que Lissa fut un fétiche arc-en-ciel, Aïdô-houédo, qui serait venu du ciel pour dénoncer, certaines de leurs pratiques souillées.

D'autres estimèrent enfin, que par la révélation d'une impuissance cachée du nouveau marié, la jeune mariée aurait certainement rejoint, par dépit, l'un de ses malheureux prétendants, à l'autre bout de la région.

Les parents de Lissa, ses beaux-parents, son époux et toute la population de Sodji, espérèrent toujours qu'elle leur reviendrait un jour.

5. LE MARIAGE EMPOISONNE !

La nuit de ce samedi était très longue. J'avais cherché et provoqué le sommeil qui ne venait pas toujours. Je somnolais debout, les yeux larmoyants.

Je monologuais sans répit, comme une véritable folle. Tantôt dans mon lit, tantôt au salon, je me trimbalais. Je faisais cette navette et sortais, par trois fois dehors. J'y avais rencontré une obscurité totale. Les maisons voisines étaient toutes plongées dans un noir opaque, dès la chute du soleil.

J'avais l'impression que le jour ne poindrait jamais. J'étais à la cuisine. Je ne me rappelais plus ce que j'y cherchais. D'habitude, je n'avais pas l'audace de fréquenter la cuisine, à la nuit prohibée. Heureusement que les toilettes, elles, étaient internes ! Mais, un courage inexplicable m'animait ce jour.

Si la cuisine était externe, c'était ma préférence, à cause de la fumée, lorsque Christophe me louait cette villa. Une grande villa, électrifiée de fond en comble et équipée, dans laquelle j'étais seule, avec une domestique de onze ans. Une gamine qui s'endormait, à chaque fois, juste après le dîner. Jamais, je ne l'avais autant perçue, cette cruelle solitude.

Christophe passait deux sur cinq de ses nuitées à mes côtés, s'il n'avait pas des réunions tardives au bureau ou s'il n'était pas en mission.

Cette nuit, il avait décidé de rester en famille afin d'apaiser la mère de ses enfants et ces derniers aussi. Il fallait les mettre en confiance, en attendant les noces de demain.

Des idées, des pensées me traversaient la mémoire, tantôt positives et surtout, tantôt négatives : « Moi, une pauvre et simple animatrice d'une Organisation Non Gouvernementale avec un petit diplôme de BEPC, et lui, ingénieur agronome et Directeur d'une société d'Etat !... ». Je n'en revenais pas. Je me croyais au cinéma. Dieu m'aime et il m'a exaucée, c'est tout !... Me rassurais-je.

Le jour où j'avais annoncé l'heureuse nouvelle à ma mère, elle en était plus enchantée que moi et m'avait souhaité bonne chance. Mais, lorsqu'elle avait compris dans les détails, que l'homme vivait avec son épouse et ses enfants, elle s'y était farouchement opposée à telle amertume que moi-même, j'en étais décontenancée.

Effectivement, Christophe vivait avec une femme. Il me l'avait personnellement annoncé quelques semaines après notre première rencontre. Ce jour, j'avais piqué une de ces colères noires. Je tremblais, très amère.

J'en avais tellement honte et d'être victime d'une pareille mascarade. Je ne comprenais pas, pour quelle raison un homme de cet âge pourrait abandonner son épouse et ses enfants, au profit d'une fille. Je ne comprenais pas non plus, au nom de quoi un cadre de ce rang, aurait une telle légèreté. Très nerveuse, j'avais aussitôt résolu de le quitter calmement.

Christophe s'était subitement jeté à mes pieds. Il pleurait comme un vulgaire gamin. Tel un bègue nerveux, il cherchait des mots qui ne venaient pas. Sa cravate et une partie de son costume, étaient trempées dans une flopée de larmes. J'étais restée longtemps inanimée et bouche bée.

Spontanément, sous un effet d'entraînement, ou de contagion, je m'étais surprise en abondantes larmes.

Je tentais finalement, sans dialoguer, de partir quand il attrapa fébrilement mon bras gauche et me déclara :

- Je t'en supplie, Sikavi !... Comprends-moi. Je ne veux pas te perdre !... Si c'est ton souhait, je vais te raconter tout ce qui m'était arrivé !... Tout !... Veux-tu, ma chérie ?... Tout et tout de suite !...

Je ne lui adressais plus aucune réplique verbale, visuelle, ni gestuelle. Je ne le croyais pas. Je savais qu'il utilisait ces astuces masculines et malignes, pour me duper.

J'étais sortie précipitamment de l'hôtel et cherchais un taxi. Christophe m'avait encore rattrapée. Pour éviter d'être la risée des passants, je l'avais suivi jusqu'à sa bagnole garée sous le feuillage d'un manguier :

- Ecoute, Sikavi, je suis sérieux et sincère !... La femme dont tu parles si tant et qui vit sous mon toit, elle n'est pas mon épouse !...

- (Surprise et tentée) Comment çà ?... Elle n'est pas ton épouse et vit sous ton toit ?...

- Oui, sous mon toit !... Mais, elle est la mère de mes enfants !...

Alors, il s'était mis à étaler toute sa vie. Il m'avait décrit, la main sur le cœur, la situation de son foyer. J'avais pu comprendre qu'il ne s'était pas marié avec cette femme. C'était une histoire pathétique. Il la racontait. Il en pleurait :

- Ecoute, Sikavi, crois-moi !... Lorsque j'étais encore au collège, dans mon bourg natal, j'avais manifesté un jour maudit, mon amour idyllique à une fille villageoise...

- Les parents de cette dernière avaient encouragé la chose. Naïvement, j'avais bousculé mes parents, à doter ma dite dulcinée. Cette précipitation s'était soldée par une grossesse, dont le fruit était notre premier garçon...

- J'étais en classe de troisième et Sessito vendait du gari, au marché du village. Quelques années plus tard, j'avais bénéficié d'une bourse, suite à mon baccalauréat, pour mes études en France.

- Nous nous échangions des lettres d'amour. A la fin de mes études et avant mon retour de Paris, j'avais été immédiatement nommé Directeur d'une société d'Etat. Tu comprends Sikavi, que mes sorties d'invitation et de distraction, étaient ainsi hypothéquées !... Par prudence, j'avais différé notre mariage civil, jusqu'au jour où, tu es entrée dans mon histoire !...

Des bruits, dehors !... Des bruits, semblables à des pas d'homme !... J'entendis gratter, au portillon de mon appartement. Au départ, j'attribuai ce grattage nocturne, à un animal domestique. Mais, le geste fut répété et prit un caractère humain. Malgré cette apparence, je résolus garder ma langue.

J'eus une peur bleue. Je réveillai ma domestique sans but précis. Je lui racontai la posture et l'obligea de rester en éveil. Le regard évasif de cette dernière, rendit ma panique plus enivrante. Délicatement, j'étais allée dans ma chambre à coucher. Les présents dotaux, la part de mes parents, celle de ma famille et la mienne, y étaient toutes stockées. Ma robe de mariage, coquette et splendide, suspendue à un cintre, atomisa ma crainte.

J'imaginai notre couple, bien assorti devant le maire et même à la chapelle, devant le prêtre. La joie et le bonheur que j'éprouvai, d'être épouse dès demain, dominèrent ma peur panique. De notre voiture de noces, auréolée pour la minute présente, nous prendrions un bain de foule que nous saluerions amicalement. Nous nous embrasserions publiquement. Le public en haie nous adulerait. Nous serions très heureux. J'en serais honorée toute ma vie. Plaise à Dieu !...

... Les bruits persistèrent toujours et devinrent, de plus en plus, précis. Mes inquiétudes se décuplèrent, se centuplèrent et le stress m'enveloppa. Afin de lutter contre ces agressions émotionnelles et malsaines, j'étais restée positive. D'ailleurs, il s'agissait de Christophe qui me jouait une de ces farces, m'encourageais-je. Finalement, une voix :

- Sikavi ! Sikavi, ma chérie !... Ouvre-moi la porte, s'il te plait !...

Je ne réagissais pas. La voix inconnue ne ressemblait pas exactement à celle de Christophe. Néanmoins, ce dernier était capable d'une pareille comédie.

Pourtant, le timbre de cette voix entendue, me paraissait familier. Alors, je fouillais et refouillais dans ma mémoire. Parmi les candidats malheureux à la demande de ma main, un nom me revenait à l'esprit. Seulement, je doutais que celui-ci, ait traversé des centaines de kilomètres jusqu'à mon habitation, juste pour me faire chanter. L'inconnu, espérant ma réponse sans suite, réitérait :

- Ouvre-moi la porte, Sikavi !... Tu reconnais bien, ma voix !... Tu ne peux pas me traiter, comme un voleur, non ?...

De part sa façon de parler, j'étais maintenant convaincue, de l'identité du zombi. C'était bien lui, le nom qui tournoyait dans ma tête depuis. Qu'est-ce qu'il me voulait !... Ce trouble-fête ?... Tout était fini entre nous !...

Lorsque j'étais encore élève et vivais au village, nous étions des copains. Mon zombi, s'appelait Lodonou. C'était, un simple mécanicien auto. Nous étions presque des fiancés. Tout avait basculé quand l'hernie acquise de mon père, étant étranglée, l'avait emporté.

Ma mère et moi, nous vivions difficilement seules. Mes études allaient être suspendues, lorsque Lodonou s'était engagé à s'y occuper. Il supportait, et notre nourriture, et mes frais scolaires, jusqu'à l'obtention de mon Brevet. Lui et moi, on vivait en concubinage, jusqu'au jour où, j'avais décidé le quitter pour mieux me chercher en ville.

Après avoir renvoyé ma servante dans sa chambre, j'eus tiré progressivement la porte contre toute hésitation et le présumé ami, y entra. Il se rua sur moi et m'embrassa longuement sur la bouche. Je ne résistai pas. C'était bien Lodonou.

Nous nous entrelaçâmes affectueusement, jusqu'au canapé. Je sentis que mes sentiments pour lui, furent intacts. Mes souvenirs et mes émotions témoignèrent de mon ingratitude. Il m'informa que sa famille, la mienne et tout le village, n'attendaient que mon retour :

- Tout le monde attendait, mon retour, pourquoi ?... M'inquiétais-je.

- Pour rien, Sikavi !... Sinon, pour toi-même !...

- Comment, pour moi-même ?...

- Juste après ton départ du village, j'avais eu un sérieux problème !...

- Et puis, après ?... En quoi ton problème, si grave fut-il, me concernerait, à ce point ?...

- Si, cela nous concerne tous !...

- Alors, dis-moi !...

- Après ton départ pour Porto-Novo, une ONG de santé était arrivée au village, pour le dépistage anonyme et gratuit !...

- Ne me dis pas que !...

- Oui, Sikavi, j'ai fait le test du Sida !...

- Et ?...

- Je n'avais pas voulu le faire, parce que je ne connais que toi. Mais, suite aux conseils du Médecin, j'avais décidé savoir mon statut sérologique !...

- Et ton statut ?...

- Je ne sais pas comment te l'expliquer, par écrit. Lorsque j'ai suivi à la télévision, tes annonces de bans, j'ai jugé indispensable de te retrouver !...

- Et pour quelle raison ?... Et, ton statut ?...

- Oui, c'est plutôt notre statut !... Ecoute, Sikavi, je suis séropositif !...

- Toi ?... Lodonou, sort de chez moi !...

- Non, Sikavi !... C'est toi, qui m'as rendu malade !... Souviens-toi, de tes aventures non protégées !... Rappelle-toi, tes comportements bizarres, douteux et frauduleux, que je réprimandais !... C'est moi, qui ne mérite pas ce sort, Sika !...

- Oh !... Mon Dieu !... Je suis perdue !... Que vais-je devenir ?... Mon mariage ! Ma lune de miel ! Oh Dieu !...

Tellement nos discussions étaient sérieuses et emportées, l'étranger insolite et moi, nous ne savions pas que mon futur mari, était revenu depuis un moment. Nous ne percevions ni les ronflements de son véhicule, ni l'entrée de Christophe dans la résidence.

Celui-ci, rassuré que je n'étais pas seule, à l'intérieur de notre appartement, suivit discrètement nos conversations. Ce fut ma dernière phrase, qui le tira de son mutisme :

- Sikavi !... Sikavi !... Ainsi, tu m'as anéanti !?... Ouvre-moi la porte !...

Je ne réagissais pas aussitôt. Je tentais dissimuler l'intrus, avant de réagir. Mais, Lodonou résistait à toute transaction. Finalement, j'étais contrainte de faire la confrontation de mes concubins. Je poussai la porte et Christophe y entra :

- Sois la bienvenue, mon chéri !... J'ai reçu la visite de mon frère, qui est,…

- Ce n'est plus la peine, de jouer à la comédie !... Sans commentaire, j'ai tout compris !…

- Non, Christophe !... Ce n'est pas, ce que tu crois !... Laisse-moi t'expliquer !...

- M'expliquer quoi ?... Ton statut sérologique ?... Le danger que je courrais, d'avoir été ou d'être contaminé?... Je sais que ton dit-frère, était ton premier amour ! Alors ?...

- Je t'en supplie, pardonne-moi mon silence !... Je vais tout t'avouer, Christophe !...

- Non, Sikavi, tout est à présent clair !... C'est fini entre nous !... Nous sommes désolés !... Ce mariage empoisonné, n'aura pas lieu !... Adieu Madame et peut-être, à nous revoir au ciel !...

Christophe sortit nerveusement et claqua la porte. Quelques minutes après, sa voiture s'échappa de colère. Sikavi se jeta à terre, pleura sans retenue et renversa tables, chaises et tout ce qui était à sa portée. L'amant cocu, hébété mais compatissant et calme, s'approcha d'elle et la consola. Timidement, ils s'embrassèrent en larmes.

6. COMMENT LA PAUVRETE, TUE LE PAUVRE ?

Après plusieurs années d'espérance et d'attente, Nanti et sa belle-mère, furent heureuses d'accueillir enfin un nouveau-né dans la famille des Démarou.

Ce jour, le ciel à moitié couvert de nuages épais, s'assombrit prématurément. Les moutons bêlèrent ici et là-bas, et regagnèrent la bergerie. Les oiseaux de la basse-cour, caquetèrent lentement vers les poulaillers.

En cette soirée automnale, une pluie fine et serrée se mit à asperger faiblement tout le village de Odé. Quelques hommes et femmes qui revenaient des champs ou de la ville, hâtèrent désespérément le pas.

Pendant ce temps, Baké la belle-mère de Nanti, se plongea dans la pluie et prit la direction de la maison de Bouraï, l'accoucheuse du village. Elle brava les flaques d'eau et la fraîcheur qui l'obligèrent à marcher en courant.

Dans la rue, plusieurs idées fourmillèrent dans la tête de Baké : « l'aide de Dieu, la délivrance, les mânes des ancêtres, … ». Elle marcha vite, courut par moments. Un coup de vent violent siffla. Baké étouffa une quinte de toux, s'arrêta de peur et jura, Seigneur ! Le ciel gronda plus fort et des éclairs l'aveuglèrent. Elle vit dans le noir, deux silhouettes venir à sa rencontre. Elle reprit la marche et les croisa discrètement.

C'était Alougba et Kabassi, deux amies de Baké. Mais, celle-ci les évita, « je m'interdis de mettre ces commères à l'odeur ! …». Elle marcha plus vite. Elle courut enfin, « un enfant, garçon ou fille, je veux un petit-fils !… ».

Baké arriva enfin chez les Bouraï. Elle se glissa secrètement dans leur concession. L'accoucheuse, assise au milieu de ses fils et petits-fils, animait le repas du soir. Baké l'aborda, la tira à l'écart et lui mâchonna quelques mots à l'oreille gauche puis sortit.

Le visage serein, Bouraï se lava hâtivement les mains, se prépara à l'intérieur d'une case ronde couverte de paille, puis suivit la messagère.

La nuit était totalement noire lorsque Baké et Bouraï firent leur entrée dans la concession des Démarou. Mais, avant de s'engager, l'accoucheuse lorgna les quatre coins de la terre, inhala une poudre magique noire et prononça des paroles incantatoires.

Bouraï était une sexagénaire de taille trop courte, d'une santé solide, qui s'était élue sauveur des femmes enceintes de la contrée. Aucun dispensaire ni une clinique n'étaient construits pour les habitants de Odé et ses hameaux. Elle délivrait les futures mamans et leur indiquait des feuilles médicinales, pour les soins postnatals. Elle le faisait depuis sa jeunesse.

La femme en travail était étendue sur un paillasson, dans la chambre du grand-père. L'accoucheuse alla droit à elle. Sans dire mot à personne, ni demander quelque matériel que ce soit, elle toucha de deux doigts écartés, le bas-ventre de la jeune femme. Tandis que sa main droite, tendue entre les jambes de la malheureuse pour accueillir le nouveau-né, semblait l'inviter à arriver.

En effet, la patiente qui paraissait évanouie depuis qu'elle était restée couchée, fut aussitôt prise de convulsions et gémit faiblement. Alors, l'accoucheuse, rassurée que tout allait bien se passer, changea de méthode.

Au dehors, la pluie continuait toujours à perler, parfois intermittente, parfois légèrement permanente. Et la petite famille, rassemblée sous un hangar, attendait toujours, le regard vide et la peur au ventre.

Elle était insensible au froid et à l'humidité, gênants. Le repas, quant à lui, était servi depuis un bon moment, mais personne n'osait y jeter un coup d'œil. La situation était trop grave. A l'intérieur de la case, la future maman gémissait toujours, tantôt faiblement, tantôt fortement.

Brusquement, un court silence eut lieu. Nanti ne gémissait plus. Ceci fit monter rapidement l'inquiétude d'un cran. Mais nul n'eut le temps de se poser une question affreuse. Les vagissements du nouveau-né se faisaient entendre, ramenant aussitôt la gaieté et l'apaisement tant attendus. Nanti venait d'augmenter la lignée des Démarou d'une jolie fille.

Tout semblait accueillir la nouveau-née sur la terre comme au ciel. La crise qui opposait les membres de la famille de Nanti lors de son mariage, avait trouvé son dénouement ce jour. La joie se lisait aisément sur tous les visages. Le sourire jaillissait spontanément non seulement des lèvres, mais également des yeux.

Même le ciel n'avait plus voilé la mine, ni ronronné avant de répandre sur la terre sa grâce, dès le dégagement du bébé. Une pluie soudaine, plus abondante que précédemment et inaccoutumée, s'était mise à cracher sur Odé. La mère de Nanti pouvait désormais tranquilliser son cœur et tarir ses pensées négatives qui ne cessaient de la hanter, au sujet de la fécondité de sa fille.

Le beau-père de Nanti ordonna qu'on sorte le plus gros bouc et le coq géniteur pour que soit saluée la venue de la nouveau-née. Le coq revenait tout entier à Nanti tandis que le bouc devait être bouilli et mangé par tous ceux qui étaient présents, cette nuit.

C'était donc en ce moment précis où tout invitait à la fête, qu'apparut au seuil de la petite case ronde, Bouraï l'accoucheuse. Elle retourna dans la chambre. Revint une seconde fois. Repartit encore. Elle revint de nouveau et se planta entre les battants de la porte. Les mains jointes sur la tête, elle rougit les yeux et ouvrit la bouche jusqu'aux oreilles. Elle avait le visage défait d'où ruisselaient des larmes. Nul n'osait, le premier, lui poser la moindre question.

Tout ce monde présent sous le hangar, se contentait de relayer simplement les pleurs de la « femme-sage ». Que s'était-il donc passé ? On se le demandait. Nanti venait de rendre l'âme à la grande surprise de l'accoucheuse qui avait fait tout le nécessaire comme à l'accoutumée, pour préserver la mère et l'enfant.

Mais, le destin avait prestement enlevé la mère laissant planer sur l'enfant, un sort redoutable et implacable d'enfant-sorcière qui venait ainsi, de tuer sa mère.

7.   LE CHOC DES CRIMINELS !

Traditionnellement, dans le village Elavo, la nuit grouillait de vies humaines pendant la pleine lune jusqu'à l'aube, quel que soit le jour de la semaine. En ce jour malheureux, tout le village était désert, calme et triste. Un calme néanmoins, entrecoupé de temps à autres par des cris et des pleurs.

Une jeune fille, à fleur de l'âge de la puberté, venait d'être kidnappée. Elle était singulièrement belle, calme, très courtoise et convoitée dans le hameau par tout homme viril. Selon les rites du mariage à Elavo, les parents choisissaient le conjoint pour leur fille. Cette dernière pourrait être enlevée n'importe où et n'importe quand, par les parents ou amis du futur mari.

Cette nuit, c'était au clair de la lune lorsque tous les jeunes jouaient au tam-tam et dansaient en joie que Kokoué avait été enlevée dans un couloir. Deux individus camouflés l'avaient interceptée au coin de la rue et emportée.

Le nouveau chef du village qui avait déclenché une lutte énergique contre cette pratique, fit arrêter les parents de la fille. Désormais, à défaut de retrouver l'auteur de la séquestration et sa victime, ses complices devraient être punis. Selon le chef, cette forme de mariage forcé comme toutes les autres, devait être sévèrement sanctionnée.

La recherche battait son plein grâce à la lumière astrale particulièrement nette, cette soirée. Des lampes, des lampes-tempête et des torches sillonnaient les coins et recoins de la localité. On fouillait. On perquisitionnait. On scrutait.

Tout le village ignorait le départ de Sènou ce soir-là. Sauf l'envoyé des sages, garants de cette tradition, qui l'avait sauvé. Son complice qui lui avait attrapé Kokoué, lui proposa de la garder et de la lui protéger jusqu'à l'apaisement de la situation. C'était un vieux sage qui ne serait jamais soupçonné d'un acte pareil. Ce dernier lui avait laissé sa moto et l'avait conseillé de prendre la fuite.

Malgré cette assurance, Sènou avait le sentiment d'être filé. Il tressaillait à moindres bruits. Son cœur battait. Il pilotait l'engin dans l'obscurité. Il filait toujours ; encore, il filait à une allure vertigineuse.

Soudain, un coup de frein ! Il vit devant lui à quelques mètres, une vieille femme apparemment épuisée, peut-être par la fatigue. Cette dernière lui agitait la main de s'arrêter. A cause de la situation qui prévalait et surtout de l'avertissement qu'il avait reçu de son ami, il hésitait entre la fuite et l'arrêt.

Finalement, la première idée était la bonne. Arrivé au niveau de ladite vieille qui semblait avoir besoin de secours, il fonça dans la brousse et réapparut sur la voie bitumée, sûr d'avoir échappé au danger. Son corps et surtout sa figure furent tous griffés par les épines des hautes herbes. Il n'en eut pas de remords. Car, il se disait que la souffrance des épines valait mieux que celle d'une éventuelle torture qui finirait par une mort certaine, s'il tombait dans une mascarade.

Sènou poursuivait son aventure. Maintenant, il était presque sorti des derniers hameaux du village. Dans le dernier virage, il percevait sur la montée, venir à sa rencontre, une voiture de la police.

Une intuition lui venait à l'esprit. Il souhaitait éteindre le phare de la moto puis pénétrer dans la brousse, et y éteindre le moteur au beau milieu. Sans hésitation, il s'exécuta. Ainsi, en quelques secondes, il s'était retrouvé dans cette jungle, la bouche pleine de sang. Il vint de cogner dans l'obscurité, un arbre qui le projeta à terre et peu après, il s'évanouit.

« Dans sa rêverie, le véhicule policier qu'il fuyait arriva à sa hauteur. Il entendit les bruits du camion et pensa à la fin de ses jours. Il sentit certains policiers descendre et l'entourer. Deux d'entre eux l'eurent empoigné et jeté dans la voiture. Il fut conduit au commissariat dont il ignorait le nom. Un géant inspecteur se présenta devant lui. Une longue lanière en main, il s'apprêta à le matraquer quand il tomba à ses pieds et se réveilla du cauchemar… ».

En réalité, la voiture policière hallucinante ne s'était même pas arrêtée. Néanmoins, il s'était retrouvé entre les mains d'un inconnu qui le soignait. L'heure était avancée. L'inconnu très satisfait d'avoir réussi son secourisme, l'appela à plusieurs reprises :

- Frère ! Frère ! Vous sentez-vous mieux ?

Pour toute réponse, Sènou tenta de s'évader et l'autre le maîtrisa. Pour le rassurer, l'inconnu lui raconta comment ils en étaient arrivés là :

- Mon frère du sang, je vous inspire la peur, la méfiance même, et vous en avez raison… Je fais partie des vendeurs de véhicules d'occasion… Nous étions trois hier soir, à bord de l'une de nos voitures. Il s'arrêta, puis reprit :

- Deux bandits masqués, armes au point, nous intimèrent l'ordre de nous arrêter. Mon collaborateur qui était au volant, freina. Les deux assassins s'introduisirent en catastrophe dans la voiture ; l'un à côté du conducteur et l'autre derrière, où nous étions deux, mon adjoint et moi-même. Nous fûmes alors devenus leurs otages. Ils nous dirigèrent vers une destination inconnue. Dans un tournant, j'avais profité du ralentissement et sauté, par la fenêtre de la voiture. Il s'arrêta encore et regarda derrière, puis reprit :

- Soudain l'un d'entre eux tira plusieurs coups de feu dans la brousse. Heureusement, j'avais roulé et étais tombé dans un fossé. Ils avaient cru m'avoir abattu. A l'aide des phares, ils avaient recherché mon corps en vain. Ils avaient disparu avec mes deux autres camarades.

Sènou qui suivait cette pathétique et tragique historiette sans un mot, fut tiré de son mutisme par la dernière phrase. Il sursauta et demanda à l'inconnu :

- Que dites-vous ? Les bandits avaient disparu avec vos amis ?...

- Si ! Quelques secondes de manœuvre, puis la voiture disparut comme un éclair. Juste après leur départ, un bruit de choc suivi d'un cri de détresse, ébranla l'arbre derrière lequel je m'étais réfugié. Je vous avais vu tomber à mes pieds, avec votre motocyclette. J'avais vite cherché dans la brousse, malgré l'obscurité, quelques feuilles médicinales dont j'avais hérité la connaissance de mon défunt père...

- Urgemment, je m'étais mis à vous appliquer tous mes commandements de secouriste. Vous respiriez à peine, si bien que j'avais perdu espoir, lorsque subitement vous aviez ouvert les yeux.

Sènou devrait à son tour, raconter sa mésaventure à son interlocuteur ; mais très prudent, il lui avait dit simplement que les phares de la voiture dont il venait de parler, l'avaient tant aveuglé qu'il avait perdu la direction. Sans se souvenir de la suite.

Maintenant, le jour s'imposait à la nuit et les risques d'être déniché s'alourdissaient. Il se devait de tracer une piste à suivre sans danger. Faudrait-il établir ce plan seul ou avec l'inconnu ? Voyager en compagnie de ce dernier dont il ignorait l'identité, était un grand risque. Il pourrait être un flic déguisé.

Mais, pourrait-il se débarrasser d'un sauveur aussi philanthropique que celui-ci !... Il maîtrisait peut-être mieux que lui, la géographie de la région. Alors, il profita de cet embarras et hasarda une question à l'inconnu :

- Qu'allons-nous faire à présent, fofo ?

- Sans vous mentir, votre itinéraire serait le mien. Et vous ? Où irez-vous ?

- J'ai bien envie d'aller à Sogoudo, village natal de ma mère. Je ne sais pas, quelle voie emprunter en sécurité.

- Il existe bien des voies ! Suivez-moi ! Conclut-il.

A la faveur d'une légère satisfaction morale, il suivait l'inconnu, traînant derrière lui sa motocyclette. Pour éviter toute surprise fatale, le voyage était jusque-là pédestre.

Lorsqu'ils avaient contourné et éloigné le village, à plus d'une dizaine de kilomètres, il faisait déjà jour. Ils s'étaient arrêtés pour revoir leur stratégie d'évasion. Sènou tenta d'arracher à l'inconnu, son identité :

- Mon frère, la situation dramatique dans laquelle nous nous sommes rencontrés, ne nous avait pas favorisé une présentation protocolaire. Moi, on m'appelle Sènou et Déwa, c'est mon nom patronymique.

- Enchanté, monsieur Déwa. Moi, ma famille s'appelle Maglo. Mon petit nom est Cléas. Vous avez certainement, entendu une fois ce nom ?

- Oui je crois, monsieur Cléas…

Maglo Cléas !... Ce nom, avait sonné dans son cœur comme un glas. Il rêvassa et trembla de frayeur. Il eut l'impression que ce nom était celui du principal receleur dont la tête était mise à prix par les autorités publiques.

Il se sentit à l'instant comme assis sur des charbons ardents. Tout son corps dégoulinait de sueur chaude. Il eut l'envie de crier et de vociférer même, mais à qui ? Tellement il avait la crainte, non seulement de son compagnon Cléas, mais surtout des chasseurs de ce fatidique gibier humain.

Le voyage désormais à deux roues, se poursuivait sans heurt jusqu'au prochain village dont ils ignoraient le nom. Dans ce hameau, ils avaient décidé de se reposer, de se renseigner aussi sur l'évolution des événements en ville et peut-être, de se restaurer.

Le premier habitant à qui, ils avaient sollicité de l'eau pour se désaltérer, était une jeune femme. Elle était une vendeuse de « sodabi », frisant la trentaine ; elle était aussi accueillante et particulièrement souriante. Celle-ci déclarait connaître Sènou auparavant.

Les précisions qu'elle donnait à ces retrouvailles ne rafraîchissaient pas la mémoire de ce dernier. Néanmoins, il faisait semblant se remémorer afin de bénéficier d'un accueil chaleureux. Cette femme très hospitalière, les avait reçus chez elle et leur avait offert l'asile pour la nuitée.

L'hôtesse, après une copieuse réception de ses étrangers, s'était précautionneusement douchée, embaumée, poudrée et avait mis ses habits favoris. Avant de se coucher, elle avait préparé un sofa à Sènou et une natte de raphia à Cléas.

Depuis la fuite de Sènou, il avait toutes ses pensées sur Kokoué qu'il aimait profondément. Il doutait même de la sincérité de ceux de sa famille, qui prétendaient lui conserver sa future épouse intacte.

Il aimait vraiment Kokoué et craignait qu'il lui arrive un malheur. Il regrettait douloureusement son acte rituel dont il était lui-même victime. Il avait les yeux voilés de larmes… Mais, l'apparence de leur hôtesse entreprenait de désarmer sa passion. Elle l'impressionnait à tous égards.

Ce soir, dans leurs causeries, Cléas avouait à Sènou qu'il était effectivement un malfrat, receleur des véhicules piqués. Il lui confiait que depuis quelques mois, il était recherché par la maréchaussée.

Malgré sa frayeur, Sènou avait envie de le dénoncer, même s'il courait le risque d'être appréhendé pour son cas personnel… Lorsqu'il se souvenait des manières utilisées par ces malfrats, pour arriver à leur fin, « le vol à main armée, le viol des femmes, le braquage sauvage, le hold-up juvénile, l'assassinat cruel », il se retenait difficilement.

Il se rappelait aussi que la presse et les médias, ne cessaient souvent de les dénoncer : « les receleurs et leurs complices, sont de grands criminels contre la république. Et toute personne soucieuse du développement de son pays, doit contribuer à l'éradication ou tout au moins, à la réduction de ce fléau de recel qui pille l'économie nationale, en les dénonçant aux forces de sécurités publiques ».

Toute la nuit, Sènou en avait l'insomnie. Par contre, Cléas s'était endormi juste après leur dîner.

De réflexions en souvenirs jusqu'à l'acte désagréable qu'il avait posé, dans son village Elavo, il s'était finalement assoupi.

Mais, aux environs de deux heures à l'aube, des bruits assourdissants de moteurs, d'alarmes et de coups de sifflets, réveillèrent les deux criminels en sursaut. Cléas et Sènou, furent soudainement relevés en émoi.

Leur logement était totalement encerclé, par des voitures de la police républicaine. Des policiers jonchèrent la cour et une multitude de curieux, envahit les lieux.

Cléas se réveilla en sursaut, les yeux tout rouges. Il gronda l'autre criminel, Sènou :

- (En chuchotant) Eh toi !... Tu m'as dénoncé !... C'est ça non, salaud ?...

- (Plus bas) Qui, moi ?... Je n'ai même pas de téléphone sur moi !... Pas moi !... Je suis aussi surpris !...

Cléas sortit un pistolet automatique et avec sa main gauche, le pointa sur la nuque de Sènou, qui trembla. Il serra sa gorge avec la main droite. Dans la chambre, il le poussa devant et vérifia dehors, par les persiennes de la fenêtre.

Mais à l'extérieur, il ne voyait rien. Pourtant, des bruits et des cris confus, y leurs parvenaient. Puis, un silence. Et enfin, une voix :

- Sortez !... Sortez et rendez vous, Cléas !... Vous êtes encerclés !... C'est fini, ta cavale !...

Mais à l'intérieur, personne ne bronchait. Cléas, toujours avec son arme menaçante, s'adressa à Sènou :

- Ah, cette salope !... Enfin, je comprends !... Cette pute m'as vendu !... Je l'aurai !... Moi, Djah Cléas ?!...

Mais, Sènou ne lui répondait plus. Alors, Cléas sortit une corde, attacha les bras de son acolyte et le transforma en otage, afin de s'échapper. Et il déclara aux policiers :

- Ecoutez-moi bien !... J'ai ici une personne avec moi !... Si vous m'attaquez, je le tue !... Vous n'avez qu'à négocier !...

- Nous ne négocierons rien !... Sortez Cléas, sinon !...

Instantanément, Cléas tira deux coups de feu. On entendit des cris de gémissement, qui s'éteignirent peu après.

Dans la foule dehors, des femmes et certains hommes, commencèrent par crier et même pleurer. Pendant un moment, les policiers ne réagissaient plus. Ils semblaient détecter le piège du malfrat et changer de stratégie.

Puis soudain, des plaintes de douleur hurlèrent, depuis la chambre des criminels. On ne comprenait rien.

Quelques minutes après, la porte de l'appartement où étaient les deux présumés malfrats, s'ouvrit grandement.

Trois policiers républicains qui avaient secrètement pénétré dans la chambre par la toiture, y sortirent avec les deux criminels présumés, Cléas et Sènou, menottés dans le dos.

TABLE DES MATIÈRES

PATIENCE, LA VIE EST UN ŒUF !...

Dans ce recueil de nouvelles, l'auteur dénonce certaines réalités brûlantes de l'existence humaine tant sur le plan socio-éducatif, sur le plan socioculturel que sur le plan socio-économique. Mais fort heureusement, dans ce chapelet d'événements dramatiques et quotidiens, l'auteur y découvre et met en exergue, l'amour, la fidélité conjugale, la solidarité humaine et le patriotisme. Il y voit ainsi, des germes de changement de comportement. La jeunesse pourrait bien voir enfin, le chemin de la destinée s'adoucir sous ses pas.

On retrouve dans le style naturel, percutant et personnel de l'auteur, ses qualités de romancier, de dramaturge, de poète et de nouvelliste.

L'AUTEUR

Innocent EZIN ALOFAN est natif de Savalou, en République du Bénin. Il a fait ses Etudes en Sciences et Technologies de Gestion, Option : Finances, Comptabilité et Audit (FCA). Titulaire de la Licence et du Master professionnels, il est également Juriste de Formation. Il a exercé successivement comme Enseignant de Comptabilité et de Mathématiques financières dans les Collèges d'Enseignement Technique (CET) au Bénin et au Togo.

Il a été aussi Responsable Administratif et Financier, Formateur et Superviseur/Chargé de Programmes de Projets; Coordonnateur d'ONG et de Projets ; Consultant en Planification et Gestion de Cycle de Projets (GCP)/Gestion Axée sur les Résultats (GAR) en Développement communautaire, avec le PNDCC-Bénin, la Banque Mondiale, l'OMS, l'ONG américaine-World Education, l'USAID et la Fondation américaine ADF. Il est également Ecrivain, Poète et Dramaturge, Scénariste et Réalisateur.

www.ingramcontent.com/pod-product-compliance
Lightning Source LLC
Chambersburg PA
CBHW052122150726
48002CB00006B/2451